圖書在版編目(CIP)數據

御定奇门秘诀 / (清) 湖海居士辑录; 郑同校定.
— 北京: 华龄出版社, 2012.3
ISBN 978-7-80178-936-5

Ⅰ. ①御… Ⅱ. ①湖… ②郑… Ⅲ. ①奇门遁甲-研究
Ⅳ. ①B992.2

中国版本图书馆 CIP 数据核字(2012)第 047759 号

御定奇门秘诀　一函三册

著　者：(清)湖海居士辑录　郑同校定
責任編輯：薛治　齐霁
出版发行：华龄出版社
地　址：北京市西城区鼓楼西大街四十一号
郵　编：一〇〇〇〇九
电　话：(〇一〇)八四〇四四四四五
传　真：(〇一〇)八四〇三九一七三
印　刷：揚州文津閣古籍印務有限公司
版　次：二〇一二年五月第一版
　　　　第一次印刷
印　数：三〇〇
書　號：ISBN 978-7-80178-936-5
定　價：六八〇圓

ISBN 978-7-80178-936-5
9 787801 789365 >

中國古代珍本術數叢刊

御定奇門秘訣

湖海居士輯録

華齡出版社

御定奇門秘訣目录

御定奇門秘訣卷之一

御定奇門秘訣卷之二

御定奇門秘訣卷之三

御定奇門秘訣卷之九

丁干互用　六戊在局

十干尅應歌　三奇吉凶斷

六儀吉凶斷　遁甲三奇保應章

御定奇門秘訣卷之一

奇門大小將辨

予思占兵之法奇門六壬起例神煞不同各隨起例不必强合六壬亦以遊都為賊將勾陳為官兵奇門占兵則又不然乃以庚辛為賊之大將辛為賊之副將丙為官軍大將丁為官軍副將若天盤上之庚辛加地盤丙丁上賊必来若天盤上之丙丁加地盤庚辛上

賊不来又五宮為城廓若庚辛加臨五宮主賊入城若庚辛乘天心併開門值旺相之時臨五宮其賊强勝而難守若庚辛乘冲輔在春三月內加五宮其城必破若庚辛加本日支干賊在今日来加次日支干賊在次日来若加第三日支干主賊第三日来加第四日支干主賊不来若甲申庚為陽直加臨四宮第二日防賊加臨三宮第三日防賊加臨二宮賊却

不来以陽直順行一宮該一日二宮至五宮相離四位去五宮遠而不来也若甲申庚為陰符加臨六宮第二日防賊加臨七宮第三日防賊加臨八宮賊却不来以陰符逆行一宮該一日八宮至五宮相離四位去五宮遠而賊不来也以營陣論天禽為中軍大将餘八星為八陣守将直符為所遣之将直符為遣将所使之将合上庚辛丙丁九星八門直符直使察時令之旺相囚死與諸将之逢生逢尅再以真年命詳推之則其勝敗吉凶如燭炤而數計也又賊将官将所居之地以地盤之宮與天盤加臨之宮照周易卦象斷之卦陽為左陰為右加日時干在前加日時支在後

奇門出師十六占

占遣使

以使者命干為主看天盤命干加臨之宮有干尅命干否如不尅命干使者無實如有尅制去則不来如

與地盤比合或地盤有干生使者命干更生日干不
惟使者不死敵國之真情可得用真年命更的

占偵探

直使落營生主宮尅客宮敵情可得尅主宮生客宮
不利直使宮自相刑尅不利旺則稍可休囚大凶何
為主宮即直符宮何為客宮即六庚宮蓋以直符為
主六庚為客也

占攻城

六庚乘旺相星開門加五星其城可尅又地盤天禽
所落之宮得旺相吉門者其守將可以生擒得休囚
廢沒及凶門守將必死

占間諜

直使為使者丙為自己庚為敵人以趋五步乾法看
丙與直使所得支相冲則動否則不動又須看庚與
直使乘星庚旺使因無益庚乘星尅直使乘星無益
直使乘星生庚乘星無益直使乘星尅庚乘星間計

必行

占行詐

六丙為自六庚為敵朱雀為詐朱雀在旺地六丙落宮尅六庚落宮或六庚落宮生六丙落宮其術得行如庚被丙尅庚在旺相鄉或六庚落宮生六丙不在休囚廢没之地主疑半疑半信六丙落宮被六庚落宮尅六丙落宮不旺相者其術不行恐中反計如常人爭訟私鬬亦欲行詐日為自己年為長輩月為同類時為晚輩其占法同

占守城

天禽落宮得休生景門再旺相有六丙其城可守如無吉門旺相再逢天蓬乘六庚加中宮不可守

占領餉

天輔為餉司天衝為將帥青龍甲子戊為餉神天輔落宮尅天衝落宮其餉不發天衝落宮尅天輔落宮不吉兩相生比者發又青龍旺相生天冲者餉多落休

囚廢沒者偏少

占援兵

凡被攻日久環圍不去六庚開門作敵人必六丙景門合生天機或在左右之宮必有援兵近而且速若離遠少遲若六丙景門逢休囚受尅主援兵不至若天蓬乘六庚則攻者不尅守者可守

占粮草

休豆杜粥生為麦傷為穀開為金銀天衝為主帥以上五門落主帥宮又五門在四隅宮吉在四正宮不利

占賊臨境城可居否

直符加時干為動為客直使加時支為靜為主值使宮受直符所落宮尅再乘六庚玄武此城不可居或直使落宮來來尅上此城亦不可居如直符宮與直使相比或受刑受尅敵人雖來不能取勝其城可守或直使宮門兩相比合亦可守

占勝負

直符落宮為主六庚落宮為客直符落宮尅六庚落宮主勝反此客勝又相相則勝休囚則負如主得景驚二門或景驚二門生主宮主勝如客得景驚二門尅主宮客勝如主客相生來必講和如主客俱乘旺相景驚二門相刑尅其力相爭不惟不和則有久持不罷之憂如六庚為直符即云主客同宮不分勝負又日干加庚主勝庚加日干客勝

占賊去否

冬至後自坎至巽為內夏至後自離至乾為內未至六庚加內為至加外為不至六庚落宮尅六庚主賊安營不穩自驚而退如六庚尅落宮再乘玄武天蓬白虎者來必大戰得九天大張聲勢鳴鼓而進得九地偃旗息鼓斂跡而來賊已入我境看六庚在內為不去在外為去總以地盤干支為年月日時來去之期太白入熒賊來熒入太白賊去直使乘賊神臨日

支為本日来前支一日明日来過界不来旺相猖狂
休囚微弱

占賊情虚實

六庚落宫尅直符落宫来情虚詐相生相比来情必
實直符落宫尅六庚落宫其賊惡心不逞如伏吟以
庚與直符本宫看之反吟雖實反復無常

占来人善惡

六庚乗天蓬玄武臨直使為盗賊子夘為寇敵巳申
為奸邪又来人方四季為奸邪四仲為常人四孟為
良善才人

占伏兵有無

看直使在何宫如天盤上有子夘巳申或加日干或
主有伏兵若旺相帶刑必大戰空亡休廢雖来不戰
如子夘巳申不在日時干支上主無伏兵直符上有
子夘巳申加本時干賊在前加本時支賊在後

占聞報虚實

甲乙壬癸四時聞事虛憂喜俱無逢戊丙聞憂無聞

喜有逢六丁聞憂無大憂聞喜無大喜逢己庚聞憂

喜俱寘逢六辛憂喜俱半

占失路

凡行兵遇深山曠野或昏夜之間三軍迷路就立處

定其方向以月將加時從天罡指處行之百步外自

遇大路

八門生用總訣

欲求利市往生方捕獵須知死戶彊索債須從傷上

去杜門有事好逃藏若要遠行開位出休門最好遇

賢良捕捉驚門應合得思量酒食景門香

八門生用分訣

開門所臨萬事通將軍遠出必成功此門顯赫偏為

利亦可入官謁相公休門諸事得安靜正可揚名征

不庭萬里乘舟皆順利往來水面如青蜓生門陽氣

正充隆大將宜居擊對沖凡百所為皆稱意麒麟閣

上著元功傷門出入多凶傷吉事行来見血光此門只可作漁獵餘事若為主敗亡杜門閉塞陰氣濛誤而出此失西東只宜斬鬼除凶祟如或出師道不通景門奇麗正光陽獻貢上書宜此方嫁娶突圍均可用除期之外俱為殃死門死事更何論誤而出此命難存八門惟此凶灾甚只宜射獵送幽魂驚門出入心不安舉念行時須審看若有奸謀生異事此門捕擒不為難

八門尅應總訣

休遇陰（陰日）陽（陽日）貴賤詢江湖遊樂下絲綸生見鄉人談產業傷逢詞訟閗争論杜門逃遁男共女或遇山林去採芊驚逢罵詈婦年少開閙貪淫賭賻因景運二生燈火樂開逢官貴白頭人死門病厄並田獵送殯扶棺入穸窀

八門尅應分訣

時出開門仔細詳官人騎馬自乾方白頭趕豬或衣

白夏赤冬亥餘素裳休門桃水着去裳或是中男運
酒漿商賈魚鹽從此至亏矢無事也期張生遇客人
車載粮農家赤子學農桑不然運土或平路天尾搖
送迎道傍傷門鬪打鬧轟轟兎走狗追亂縱橫又見
車輪將足碾當塗破面詐冤情杜見填坑塞穴卽不
然長女綠衣裳長繩桑木桃雞走逃起化鄉欲躲藏
景遇燒香賽鬼神張筵沽酒樂嘉賓穿紅女子南方
止又見投書獻策人死門送殯哭啼啼誅謬刑刑最

慘悽草枯將軍為獵射狗追狡兎鷹追雞驚鬨所遇
多驚慌少婦身穿縞素裳師巫紛紛多口舌行逢熱
鬧博戲場

九星主用總訣

九星所主事端明天蓬保固保長生天芮交朋宜守
道天冲報怨利師行天輔蘊身宜設教天禽祭祀望
元亨天心治病宜修樂天柱屯兵永不驚天任請謁
求財利天英千里樂前程

九星主用分訣

天蓬之宿鳥防星此時諸事且宜停邉疆只可固其壘若守渠魁悖自寧天芮之星凶又危此時萬事不堪為將軍遠擊凶須至士卒死亡潰亂隨天冲之宿星之英執怨覆仇任縱橫更有三奇相合會軍聲萬里如雷轟天輔之星神氣清只可保身免罪名遠擊必然損將士近攻稍利軍還羸天禽之宿位居中正正可揚丘播遠風赫赫厥聲威萬里九州貢賦樂嘉

賔天心之宿星之机修藥合凡事尚徽正可揚兵威萬里江山社稷一戎衣天柱之星列宿城只宜堅壁固其營此時戰鬪無攸利馬死人亡主帥憂天任之星列宿儀上章獻貢寶珠奇舉兵先動四時旺一鼓千夫敵萬騎天英之宿星之衢式飲庶幾莫瞿瞿我動血光定不免敵來白馬變紅駒

九星尅應分訣

出行門外遇天蓬須見江頭作釣翁多髮身肥面帶

黑星辰相在是名公時逢天芮誰相對痣黑面青又駝背肚大身肥班點多鄉民老女真堪配出行門上遇天冲所見無非好動翁髮重身軀却短小補漁獵射情性雄出行門上遇天輔避難逃亡到此土好静心閑身瘦長官人婦女或三五出行門上遇天心色白面方醫家深賦性剛强有果斷斯文雅致好懷襟出行門上遇天柱伶俐巧言如鸚鵡破嘴缺唇並損目陰人口舌相陵侮出行門人遇天任口濶眼圓五

短甚面白身肥不待言林為居室山為枕出行門上遇天英身大頭尖多嘴鳴面赤身摇賦性燥口中常作讀書聲

乙奇主用訣

日臨震地出扶桑此處原来是禄鄉到巽乗風百凡吉南離紅日正當陽坤雖非墓其時昃受制兑方日晦光乾上不宜為入墓坎方出海謀為良若加東北艮寅地日映青雲事事昌

丙奇主用訣

南離月照端門方升殿貴人也要詳子午符頭勿急
用寅申辰戌用之良子歸母腹臨坤吉兌上鳳凰折
翅殃入墓乾宮光必晦懷胎坎上豈云强艮宮飛起
丹山鳳月照雷門震百方昌風起火行神威助巽方
作用永安康

丁奇主用訣

六丁本是火之精来到震方光欲明玉女留神臨巽
地火行風起象方成離宮太炎金消爍暴燥不常莫
用兵玉女臨坤遊地户謀為俱利任君行兌方天乙
来升殿丁火從来此地生火照天開光六出誰云玉
女不峥嵘艮宮入墓逢凶鬼朱雀投江怕坎泓

乙奇尅應訣

乙到乾宮見貴人老翁僧道互相親有人頭病或頭
破以地推看尅應真
乙臨坎位見行舟隱士歌謡湖海遊僧道若鳴鐘鼓

器或爲桃水到江頭乙艮路逢男少年顯官貴婦勅書宣兵丁隱士來相應此訣須知是秘傳震逢武士及顯官聲勢逼人令胆寒鐘鼓金戈霹靂响雷門日照應來端乙來巽四貴人來貴母求神哭泣哀竹木長繩桃米至或乘轎馬閒徘徊乙離三教爲明公傑士亦當從此行斧鉞圓物並火把邪言背義遇天蓬乙坤寡母有殘病避難逃亡爲性命椽腹挑柴或力耕不然築土或穿穽乙兑争攘口舌生或聞鐘鼓金

鐃聲婚姻喜事言相賀必定星門吉格成日中種菜培園林伐木丁丁聽鳥音空地栽花或接果潛藏瓦器掘坑深

丙奇尅應訣

月照天門臨下官或同貴母相盤桓武夫赳赳執凶器氣象威風也好看月到坎宮爲女娘小兒捧盒品多装乾魚蝦醬並醎豆茶品鹽煎白菜湯月來臨艮人多壽古畫蒼詩蒼且秀器物方圓或損傷武夫亏

弩皆如穀東方月出正徘徊寒士畏寒抱火来乘馬合圍元獵射醉人捧盒待人開月到東南現任官法麗吏卒迎亾看龍頭拐杖綵繩繫丙火臨官與巽刋月到離宫陰貴人受封極品啟朱唇誣言患眼物燈火丙旺南方尅應真男女不明月到坤牛羊為禮或爭婚挑粮運土或奇果鳥鵲皂衣盆瓦盆月到西方妓女身巧言滑語善歌吟傾消金錫鑄銅鉄覓食紅爐匠藝人月到中天見作墳築墻寒路甚殷勤有人捧物手雙舉氣象合和甚喜欣

丁奇尅應訣

星到天門見婦人奴婢挑禮去看親或牽生畜頭生角持斧執刀或鑿金丁加坎土為爭論婦人被傷聲欲吞病久呻唫訴苦楚黑雲驟起遮鄉村星臨艮位婦行獨懷抱小兒失路哭桃土不然携瓦器文書紙筆往來速星出東方婦病厄妓女私情寄遠容巧言送禮皆淫亂樵子挑柴暗入宅東南星旺星光燭喜

笑呵呵婦有祿或見人懷美氣懷即然破損亦非俗
南方星耀見夫人内則克嫻德更純交合爭婚皆尅
應火盆柴炭烘籠新丁坤應見女私奔或母同行赴
遠村運土牽牛抱瓦器若非皂色即烟熏丁加兑見
有權人喜悦成晋合秦鎚打金銀聲入耳文書考門
不明嗔星照中宫婦持家詩人畫士兩相誇或逢燒
煉金丹客自負火候總不差

天干尅應訣

十干尅應不難支五子元甲起遁時甲遇青衣貴客
至陰陽從日辨其支
此法從五字元遁至用時看是何干如遇甲為天
福必逢着青衣而至陽日是男陰日為女應之
六乙貴人僧與道若非術士即名醫六丙飛龍亦白
現不然騎馬應為期
乙為天蓬陰日必是僧道九流瞽目卜命之人陽

日必是貴人高賢明哲之人丙為明堂陰日必是貴人着青衣騎赤馬女子應之陽日為貴人乘白馬着青衣男子應之

六丁玉女遇佳人美貌儀容衣服新六戊旂鎗並鑼鼓歡歌舞蹈樂嘉賓

丁為玉女故主佳人陰日着紫衣陽日着紅衣應之

戊為天威陰日必有親朋作樂以宴嘉賓陽日必是鑼鼓旂鎗武人應之

六己逢人衣白黃要分男女列陰陽六庚孝服或兵吏刑獄檄文移在傍

己為明堂陰日白衣女人陽日黃衣男子應之

庚為天獄陰日必是孝服白衣之人或訃文来報陽日必是兵刑獄吏之人或提文檄文来移應之

六辛白馬鳥飛跑雷電六壬雨雪拋六癸天藏為孚好或為漁父嘲歌敲

辛為天庭陰日必飛烏鴉鵲鳴叫陽日必白馬或

白衣應之

壬為天牢主雷電雨雪陽日衣皂男子陰日衣白

女人應之

癸為天藏又為天網陰日為孕婦陽日為漁父網

罟之人應之

御定奇門秘訣卷之一終

御定奇門秘訣卷之二

十二支所属物類

子天時為雨雪為霜露地理為正北為江河為溪澗為井泉為溝渠為
池沼為潦池為水道為卑濕人物為師巫為婦人為賊盗為舟人人事
為哭泣為治水為流血身子為短矮黑黑小為黑瘢身體為耳為腎
為血時序為十一月癸年月日時靜物為繩索為帶子動物靜
為蝙蝠為燕為鼠飲食為羹湯為水中物為鹹味疾病
為目疾為泄瀉衣服為絲棉為黑色姓氏為宮音為字帶水姓
部為點水為一頭為子傍

丑天時為雲霧地理為塚墓為丘田廟堂為牛圈為園圃橋梁
人物為僧尼為貴人為尊長為肥胖靜物為寶石為珍珠為車轎為
鍬履為鎖鑰為斗斛動物為牛為畜飲食為牛肉為甘味疾病
為頭禿為眼疾為頭偏為面斜為斑瘢點時序為十二月為癸水年月日
衣服為皂色色氏為徵音為姓田為姓牛字部為絲傍牛
牛傍土傍牛頭田頭田腳

寅天時為風地理為山林為橋梁為公門為廟觀人物為公吏為賓客乘玄武為道士
身才為修長為有鬚時序為正月為甲年月日靜物為寶刀為劍為大樹為香炉為花
木動物為虎豹為猫兒疾病為脾傷飲食為木果為酸味姓氏為徵音為姓山
或姓曹帶木姓或字部木傍山傍甲傍虎傍鬼傍
卯天時為雷鳴地理為街為門傍人物為長男為術士身才為顴骨高面青
靜物為舟車為草木床榻為櫈凳為竹木盤盒動物為騾狐為兎為紙疾病為手肱肝胆症
時序為二月為外乙年月日姓氏為羽音為宋姓六合為董雍姓加字部為木傍為
艸頭為走之為門門部戶首為才傍為踢手林傍

辰天時為雲地理為崗嶺為寺觀為麦地為土堆為田園人物為僕人為屠宰為僧道為
醜婦為男孫係為好動人事為爭訟好動為戰鬥身體為肩背容貌為面方為色黃靜物
為硍磑為磁器為硬物為五尺為網羅為皮毛為軍器動物為蛟龍為水族飲食為腥葷為
甘味疾病為傷腎為流血時序為三月為乙辰年月日姓氏為商音為姓鄭為姓龍為
姓陳為姓亢字部皮傍毛傍龍字及有鈎
巳天時為電蛍晴疾病為三焦為小腸為咽喉為心驚靜物為弓弩為鐺銚為磚瓦為
磁器為花果為連繞之器動物為飛蟲為蜈蚣為蚯蚓為蟒蛇飲食為炉食為苦味時序
為四月為丙戌年月日姓氏為角音為帶弓為帶火姓字部為火傍為丙戌傍為風傍為弓

傍為血地理爐場窑灶庖厨人物乞丐婦人人事輕狂多言相貌紅黃色身長身體口齒
午天時為日為電地理為城門為窑灶人物為婦為騎馬人相面貌為面紅為
頭尖為身長為能言疾病為失血為肺病靜物為衣架為旌旗為書畫火燭動物為鹿
獐為馬為雀為飛鳥飲食為烘臘為火腿為苦味時序為五月為丁年月日姓氏為宮
音為姓馬為姓丁為帶火字部為馬傍為火傍為日傍人事能言性燥
未天時為雲如晴則為月地理為庭院為墻垣為井泉為茶房為酒館為墓邱人物
為寡婦為白頭翁為師巫為道人為牧羊人為醉人身寸相容貌為短小為黃瘦病
為腕胃脊為脾靜物為女衣為門簾為笙笛為帽子為藥餌為酒器動物為羊為鷹飲食
為羊肉為茶酒為甘味時序為六月為丁巳年月日姓氏為宮音為常為羊字部
為羊傍為土傍為皿脚
申天時加亥子為大雨遇空亡為雷鳴地理為廟祠為道路為城廓為戰場人物為公
人為行人為軍役為凶人容相貌為面方為白色疾病為嗌血為咳嗽飲食為姜為蒜為葱
韭靜物為刀劍為碓磨為絹帛為紙布為大麥為金銀萬石動物為猿猴為獅子時
序為七月為庚年月日姓氏為徵音為申為張為金為劉字部為金傍為刀傍
酉天時為連陰加水為雨雪空為雷鳴地理為街巷為耳門為後門人物旺則為陰
貴弱則為婢妾為賣賣酒人為賣麪人相貌為面白為清秀疾病為痨瘵見火為肺症飲食

為鷄為雉雛子為麪食為疎味**靜味**為鏡為石為錢為紙為珎珠為門銷為小刀為銅器為釵為金器為小麦為瓜骨為碓磨**動物**為雞為雉為烏鵶為鴿子**時序**為八月為辛年月日**姓氏**為羽音為帶金姓**字部**為金傍為酉傍為口傍為小刀傍

戌天時為雲霧**地理**為山崗為寺觀為虛堂為牢獄**人物**為僧道為獄吏為乞屠兒為念佛人為僕人為欺詐人**相貌**為肥胖為有鬚為頭尖面狹**疾病**為胖胃脾腹**靜物**為磁盆為磚瓦為印綬為數珠為枷杻為碓為傀儡為葫蘆為朝服**動物**為犬為驢**時序**為九月為辛年月日**飲食**為五穀為甘味**姓氏**為商音為辛為帶為土姓**字部**為豕傍為辛傍為土傍為山傍

亥天時為雨雪**地理**為山崗為寺觀為廁坑為江河為寺觀為貴宅為水榭**人物**為乞丐為赶猪人為小兒為漁翁**疾病**為心病**相貌**為身短為鼻大**靜物**為傘笠為梅花為帳幕為毛髮為管鑰為筆墨為畫圖為麻布為紬絹**動物**為猪為象**飲食**為酢醬為醎味猪**姓氏**為角音為魚為明為鄧為六合為藕**字部**為豕傍為魚傍為點水

八卦所屬物類

乾為天為圜為君為父為玉為金為寒為冰為大赤為良馬為老馬為瘠馬為駁馬為木果蓏九家有為龍為直為衣為言

天時為雪霰 地理為西北為京都為名勝之地為高穴之所 時序為秋九月為十月之交 人物為君為父為大人為尊長長為官宦為名人為公門中人 人事為圓成為剛健為武勇為果決為高上上不屈為多動少靜 身體為頭為項骨為肺 靜物為金玉為圓物為寶為氷為珠冠 動物為馬為天鵞為大象 屋舍為公廨為樓臺為驛舍為高堂為大廈 飲食為馬肉為乾肉為珍味為多骨為木果為肺為諸物頭為圓物為辣味為饅頭為燒餅為九子為支圓 疾病為頭面之疾為肺病為肋骨之疾 姓商音帶金傍姓氏 字方圓之屬只有邊傍

坤為地為母為布為釜為吝嗇為均為子母牛為大輿為文為衆為柄其於地也為黑苟九家有為牝為迷為方為囊為裳為黃為帛為漿

天時為雲為霧為霞 地理為西南為田野為鄉里為墻壁為平地為城邑 人物為儒農為鄉人為衆人為儒妻為老婦為大肚人歟 身體為腹為脾為胃 時序為四季月為未申年月日時 靜物為方物為桒物為布帛為絲綿為五穀為瓦器 動物為牛為牝馬 飲食為牛肉為土中物為笋為薯芋為大腹屬中之物為野味為五谷 茅舍為村居為田舍為土堦為低墻為倉庫 疾病為腹疾為脾胃為飲食停積 姓宮音為帶土姓氏 字為土傍為圭傍為牛傍文傍黑傍布傍 人事為柔順

時序為正二月卯年月日時

震為雷為龍為玄黃為旉音孚陽氣佁施之意為大塗為長子

為決躁為蒼筤竹為萑葦其於馬也為善鳴為馵

足懸起而馵足也為作足騰起而作足也為的顙其於稼也為反

生其究為健為蕃鮮荀九家有為玉為鵠為鼓

天時為雷為虹地理為東方為木為鬧市為大塗為門戶枋為山竹林為山木茂盛人物為長

子為商客為將士身體為足為肝為聲音飲食為蹄肉為鮮肉為酸味為麫食為包

子笋疾病為足疾為肝膽肺疾為驚恐為瘟氣為傷胃靜物為竹木為萑葦為木盤為

竹筐為舟車為算子筒為笙管為皷動物為龍為蛇屋舍為東向之居為山林或樓閣

姓為角音為帶木之姓為雷字為工乂木之傍為足傍為立畫偏撇之屬人事為動

巽為風為木為長女為繩直為工為白為長為高為

進退為不果為臭其於人也為寡髮為廣顙為多

白眼為近利市三倍其究為躁卦荀九家有為楊

為鸛

天時為風地理為東南為林苑為園圃人物為長女為秀士為山人為仙道身體

為股氣為膽屋舍為東南向山林之所飲食為鷄為腸肚酸味為蘇菜長麪疾病

為股肱之疾為風為中風靜物為木香為繩直為竹木工巧之器為麻動物為雞

為鵞為鴨為善鳴之禽虫時序為春夏之交三四月為辰巳年月日時姓為角音為蔕木
風姓氏字為草頭為木傍為竹頭為西頭為辛傍方魚舟風絲等傍人事巽順善入
坎為水為溝瀆為中男為耳為尿為隱伏為矯輮為
弓輪其於人也為加憂為心病為耳痛為血卦為
赤其於馬也為美脊為亟心為下首為薄蹄為曳
其於輿也為多眚為通為月為盜其於木也為堅
多心荀九家有為宮為律為可為棟為叢棘為狐
為蒺藜為桎梏

天時為月為雨為雪霜為露地理為正北為江河為溪澗為井泉為溝渠為池沼人物
為中男為漁火為舟人為賊盜身體為耳為腎屋舍為向北為酒館為茶房飲食
為鹽酒為猪肉為魚肉為海味為蝦蛛為宿食為帶核物疾病為耳病為心疼為血氣為感寒
為泄腎靜物為酒器為水桶為輪車矯輮之物為帶核物動物為豕為魚為水中蟮鰍
時序為冬十一月為子癸年月日時姓為羽音水傍海姓為江為水字為兩頭為點水為耳
傍為小頭為月傍為弓傍人事為陰險
離為火為日為電為中女為甲胄為兵戈其於人也
為大腹為目為乾卦為雉為鱉為蟹為蠃為蚌為

目疾心疾
疾病火症

龜其于木也科上槁荀九家有為牝牛

天時為日為電為虹為霞地理為南方為窑灶為堂殿為簷窓人物為中女為文人為目病人為甲胄之士身體為目三焦屋舍為虛室静物為文具為文書為干戈動物為雉為龜為鱉為螺為蟹為蚌蛘飲食為雉肉乾肉為煎炒肉時序為夏五月為午丁年月日時姓為徵音為帶帶火立人傍姓字為火傍為日傍為立人傍人事文明

艮為山為少男為手為徑路為小石為閽為果蓏為閽寺為指為狗為鼠為黔喙之屬其於木也為堅多節荀九家有為鼻為虎為狐

天時為雲為霧為山嵐地理為東北為山徑為近石城為丘陵坟墓人物為少男為閽人為山中樵採人身體為手指為鼻為背為足大趾屋舍為東北向為山居近石路飲食為諸獸雜物為薯芋為笋為山中所出百合疾病為手指之屬為脾胃之病静物為土石為瓜果為丸器為錢袋動物為狗為鼠為虎為黔喙之屬狐時序為冬春之交為丑寅年月日時姓為宮音為帶土山姓氏字為山傍為土傍為牛傍為田傍人事為知止

兑為澤為少女為巫為口為口舌為毀折為附決從而復絕也其於地也為剛鹵為妾為羊荀九家有為常為輔頰

天時為雨澤為新月地理為水澤為剛鹵之地為廢井為破垣之園人物為少女為媒婆為牙人為妾巫身體為口舌為肺為輔頰為唇齒屋舍為西向為近澤之所為破壁為廢宅為破房為門戶有損飲食為羊肉為澤中物為宿食為辛辣味靜物為金及為鐘為鑼為金鐸為臭銅為酒盞酒瓶動物為羊為魚時序為秋八月為酉年月日時疾病為口舌咽喉之疾為氣逆為飲食不進姓為商音為帶口帶金姓字為羊傍為鹵傍為金傍為口傍為有鈎字為刀傍人事喜悅

八門所屬物類

一休門 天時為雨露 地理為江河 為井穴為溝坑 人為盜賊 生物為豬魚 死物為彎曲 食物為茶酒羹湯 相貌為多鬚 顏色為微黑 姓氏為宮音 字為點水傍

二死門 天時為雲霧 地理為城隍廟 為土社祠 為田野 為倉庫 人為算卜筮師 老老母 為道姑 為村女 為鋪戶 生物為牛 死物為砂石 食物為藥丸 為五穀 相貌黃面黃 為駝背大肚 為黑痣 顏色為黑 姓

五
天時雲霧
地理九州屬中州　營陣屬中營
人物治田耒耜器
相貌
顏色黄
生物
死物石砂土　土中所出物
食物五穀　甘味
姓氏宮音
字畫田傍　土傍　中字頭身

氏為徵音　字為土傍

三傷門　天時春夏為雷秋冬為風　地理為泰岳宮　為山林　生物春夏為龍秋冬為魚　用物為舟車　為有聲物　為竹器　人為長男　為捷獵人　相貌為身長髮重　顏色為碧　食物為竹笋　為腥膻味　姓氏為羽音　字傍為竹頭為草頭

四杜門　天時為風地理為香烟神廟　為山林竹舍　為茅岡樹蓬人人為長女新婦　為秀士隱者　為工巧藝人生物為虺蛇　用物為長繩食物為麵為鮮味木果　相貌為身長而瘦　顏服色為綠　姓氏為角音　字為竹頭為草頭為木傍

六開門天時為大晴　地理為高阜　為崗嶺　人為君父為官貴為金銀僧道　為威武握重權之人　生物為馬　貴物為金銀　常物為銅鐵

用物為刀鉤針錐　食物為頭腦多骨　為辣味
葱蒜之類　相貌面方頭圓　顏色冬元夏赤春
秋白　姓氏角音　字金傍
七驚門天時為雨澤之細微者地理為溪泉溝澗為
壞屋廢井八人為少女妓妾　生物為羊　用物
為破損　補器為銅錫石針　食物為羊肉辛辣
相貌為缺牙損目姓氏為羽音　字為金傍刀
傍口傍　顏色白

八生門　天時為雲霧地理為山逕為石岸　人
為少男為山中採樵人相貌禿為肥胖　為方面
為五短〃　為眼圓口潤　動物為虎豹豺狼為
鼠　靜物為土石為磚瓦　食物為獸蹄為五穀
雜味颜色為白為黃姓氏為徵音　字為山傍為
土傍
九景門　天時為晴為熱為電光地理為窑竈為爐
塲為食店坊人為文士為中女　相貌為身大頭

尖而面赤生物為龜鱉蝌蚪　静物為火具為甲胄食物為爐食為煎炒為中空味苦之物味顔色為紫赤為宮音　字為火傍為日傍為立人傍

九星所属物類

一天蓬主人肥長多鬚面微黑色餘同休門所屬（常遊江湖中等人）

二天芮主人黑痣班點面黄背駝肚大餘同死門所屬（或鄉民土老女人）

三天衝主人身短重髮好動餘同傷門所属

四天輔主人身才長瘦好静餘同杜門所属（或隐士避難之人）

五天禽以天下論為君王以出師論為主將主人性情不常面方五短獨立為人　附五宮所属

天時為雲霧地理以九州論為中州以營伍營為中營動物為耒耜治田器静物為石為砂為土為中所出之物生物為五穀為土味為甘顔色為黄姓氏為宮音字為田傍為土傍為中字頭

六天心主人面方色白斯文好静在申酉月為人性

剄餘同開門所屬

七天柱主人伶俐巧言或缺齒損目之人餘同驚門所屬

八天任主人肥胖黃白色五短眼圓口濶（少弱常居山林）餘同生門所屬

九天英主人頭尖身大面赤多言性燥餘同景門所屬

附九星開闔

天盤陽星加地盤陰星為開利於客宜先動

天盤陰星加地盤陽星為闔利於主宜後動

八神所屬物類

直符烟波釣叟歌云天乙之神所在宮大將宜居擊對衝假令直符居離九天英坐取擊天蓬觀於此而直符之為天乙貴人也明矣奇門一得亦曰直符乃天乙貴人如臨六七八宮宜請謁出入名利戰訟等事大吉如臨三四宮宜揚兵耀武凡為皆

吉如臨一二宮百卷百就又宜布陣教習軍武等事觀於此而益信直符之為天乙貴人也舊以直符居六甲而以為属木觀此二書以為天乙貴人蓋天乙貴人實居已丑不如六壬以天乙為属土之為的也雖然八神本位雖各有所属還宜照大六壬某神所乘之宮所乘之宮作天盤或受地盤尅或受門所尅亦為之灾尅主所為之事不由自已也

直符天乙本位属丑土天時為風伯（乘巽主風）為雨師（乘坎主雨）

地理　桑園為墳墓人為人君為貴人相貌為黃白色（為頭禿）　動物為牛為龜鱉貴物為珍珠常物為鎖鑰為斗斛賤物為鞋履色為紫皂姓氏為徵音字為牛傍為田傍土傍又當以所乘之盤斷其所属更準

螣蛇本位属已火天時為晴地理為爐冶場生物為蛇蚓為飛蟲用物為畫為磁器食物為爐食為苦

味人為乞丐為婦人相貌為輕狂為腿搖姓氏為角音

字為火傍更以所乘之盤斷之為準

太陰本位屬酉金天時得土為連陰得水為雨地理為街巷人為陰貴人相貌為清標瘦美生物為雞雉用物為門鎖為刀劍食物為菓食姓氏為羽音字為口為金傍更以所乘之盤斷之更準

六合本位屬卯木天時為雷加三宮更驗地理為街巷人為婦人媒人相貌身長生物為騾為兎用物為草

為竿為旗竿為舟車為門窓為香盒食物為蔬菜姓氏為羽音字為木傍為草頭更以所乘之盤斷之更準

白虎本位屬申金天時為風為雪霜地理為道路

勾陳本位屬辰土天時為雲霧地理為土堆崗嶺

人出兵白虎為軍徒勾陳為候人捕盜白虎為公人勾陳為捕役事類白虎為積尸為死喪勾陳為殺伐為屠宰用物白虎為刀級勾陳為破皮姓氏白虎為徵音勾陳為商音

字白虎為金傍為刀傍勾陳為角傍為土傍再以所乘斷之更準

玄武本位属子水朱雀本位属午火天時為雨為露為晴為電地理為井泉為溝渠為河道為朱雀
道路為城門為宮室人玄武為盜賊者朱雀為騎馬人物玄武為傘笠為盖圖朱雀為旌旗為
書為宮畫姓氏音字玄武為點水朱雀為火傍再以所乘斷

九天是六甲之始干支之長自甲數至壬其數九故曰九天周易起渾天甲子訣曰乾金甲子外壬午盖為此也乾卦属金誰謂九天之不属金乎夫既取象于乾而属金凡其所属之物類無一不與乾同欲推其數則當從乾

九地是六甲之終干支之末自乙數至癸其數九故曰九地周易起渾天甲子訣曰坤土乙未外癸丑盖為此也坤卦属土誰謂九地之不属土乎夫既取象於坤而属土凡其所属之物數無一不與坤同欲推其數則當從坤

十干所属物類

甲為天福木時為風地理為山林為橋梁人為貴人為賓客相貌為長大動物為虎豹為貓見靜物為神

樹為花木為寶刀為劍器為香炉為神像為徵音
字為木傍為佳字傍
乙為蓬星天時為日為雷地理為街上為門窓間人
為婦女相貌為細長動物為騾為兎靜物為草木
用物為舟車為盤盒為旂竿姓氏為羽音字為乙
傍為草頭竹頭寶蓋頭
丙為明堂天時為月為霞為電地理為城門為窑竈
為宮室人為威武人為乘馬貴人相貌為面赤生
物為飛鳥用物為旌旂為書畫食物為苦味姓氏
為宮室字為火傍
丁為太陰天時為星地理為隴頭為煙墩人為婦人
相貌為頭尖動物為飛蟲植物為花木靜物為磚
石為磁器食物為苦味姓氏為徵音字為火傍
戊為天門天時為雲霧地理為土嶺人為首領相貌
為豊厚物為五尺為磁器食為甘味姓氏為　音
字為戈脚為土傍

氏為羽音字為口傍為金傍

壬為天牢天時為大雨地理為江河（人物）為后宮為獄官

相貌為秀而黑生地（物）為燕子為蝙蝠用物為衣服

為索子姓氏為角音字為點水傍

癸為天藏天時為小雨地理為水道人為醉漢生物

為魚鱗用物為麻布紬絹姓氏為徵音字為點水

傍

占失六畜

己為地户天時為雲霧地理為墻垣人為白頭翁為
寡婦為架鷹人相貌五短黃白色生物為鷹用物
為醮器姓氏為徵音字為羊牛傍土傍
庚為天獄天時為寒為雪地理為城郭廟宇人為大
盜為軍徒動物為獅子用物為刀劍為絹帛加天
辛為金銀姓氏為徵音字為金傍卓刀
辛為天庭天時為霜為涼地理為街巷人為陰貴人
相貌為清秀生物為鴿雉用物為門鎖為刀劍姓

凡占失畜須看真畜地盤坐何宮天盤帶在何宮即知其畜所在之方再看生尅以斷有無如真畜落空或所坐之宮在空方只以八卦畜象斷之

奇門占卜凡例

凡用奇門占卜要知體用先鋒何以為體日干是也何以為用歲干月干時干是也蓋以四干上所坐之干是也要與本干相生相比相合而更要與日干相生相比相合是一體而三用也何以為先鋒日干上

遁格之吉凶固為己身之災福若夫歲干所遁之吉凶應在一歲月干所遁之吉凶應在一月至于時干所遁之吉凶應在一歲月干所遁之吉凶應在一月至于時干所遁之吉凶當下便是所謂歲月遠而時近也故以時干為先鋒況時干遁得吉格其吉已有七分再日干遁得吉格以時干生日干或時干與日干或比或合則得十分之吉矣歲月二干揔有吉格而與日干相生相比相合其吉不過三分而已所謂

遠水不能救近渴故以時干為先鋒此占本身之法也若占祖以歲干為體餘干為用若占父以月干為體餘干為用若占子以時干為體餘干為用四干雖互為體用而遁格皆從時干時支起故以時為先鋒

凡所用之神煞皆從支起奇門自地盤時支推移而外並不見有安支之處即欲看神煞之加臨以斷禍福欲從末由予因古人以星從干國以干裝星上以門從支亦以支裝門上則八門所加皆帶神煞其格既成神煞俱任有何不可假之以斷吉凶乎況六畜之類神在十二地支交加占走失即不用月將加時以遁甲之法推之其方位有無無不可知

凡用奇神占卜者俱于天干上看遁格地支之上皆置而不論予以為干支俱重不得取一而遺一即如占家宅也皆看天干上之格局生尅而不知干為人而支為宅干所坐之宮為人之所同而支所坐之宮為己之所獨干所坐之宮如州城都邑衆人共處

支所坐之宫如人之私宅各門另户他如揔法天機所論以歲干為父以月干為伯叔其說固不是即有以歲干為祖以月干為父以日干為巳身以時干為子孫者似也猶未詳也予以為當以歲干為祖歲支為妣月干為父月支為母日干為巳身日支為妻身時干為兒時支為兒婦時所生之干為孫所生之支為孫婦每於其上看其遁格生尅則何人之吉凶自一一不爽也

凡用奇門占勝負者皆知以天盤為客地盤為主不知以庚所坐之宫為賊居直符所坐之宫為軍營六庚為賊將直符為官將獨不聞黄帝制遁甲之法以庚為賊以甲為仁德之君乎

占驗門

占天時

凡定天時以戊為始以交節日時為主不論節氣在陽局陰局内時甲在陰宫陽宫中只以戊所臨宫别其

其陰陽而已如戊在陽宮戊六為陽本宮之星門皆陽戊在陰宮六為陰本宮之門星皆陰不但五日一元之六戊以此定其陰陽即一氣三元之六戊俱以交節之時看首戊而為定戊之陰陽既定然後如常用遁若陰戊加於己庚辛壬癸五陰干上又在陰宮逢生旺沐浴見金水星與日干飛来三合水局必有大雨且久若其當大雨而或有火星則主電或金入木宮或木入金宮則主雷若數者俱全則主大雨雷電交作若陽

戊加己庚辛壬癸逢生旺沐浴或有金水星或三合水局亦主微雨或日中下雨若陽時火旺無雨若陰時水旺有雨若陽戊加己庚辛壬癸在陰宮逢生旺沐浴見金水星合水局主大雨不久以其戊陽而無生雨之根也

予以為交節時干為主如時干己庚辛壬癸為陰是甲乙丙丁戊為陽干頭遁得雲遁龍遁主一氣之中多雨干頭遁得風遁虎遁主一氣之中多風占法

與上時戊同如交節時干上見風雲龍虎占卜之時其干飛布會日亦如其應如交節時干遁得雲龍與所占日時干合而化水化金即主雲興雨施如交節時干遁得風虎與所占日干合而化木即主虎嘯風生又交節時支與所占日時之支三合水局即主雨三合木局即主風三合金局即主連陰三合火局即主久晴更於八門詳八卦乾主晴坤主陰兑主晴久晴而主陰至於十干之中震為雷艮久陰而主晴久

晴而主陰至于十干之中巳為地户而為陰庚為大白加壬為大雨加乙為大風辛亦為虎占為庚同壬大雨而癸小雨丁為星而為虹丙為月而為電乙之為龍古人已明言之矣再觀生旺沐浴衰墓陰陽無不應驗何必專看交節之時戊哉

占歲時

凡占歲中豐盈歉嗇看五穀何類神加在太歲干何類神與太歲同宮遁成格局以定豐歉參之以生尅

無不應驗類神者何如九星也天蓬為蕎麥天芮為粟為菜豆天沖為黍天輔為芝麻天禽為麥天心為粳米為糯米天柱為赤豆天任為大豆天英為旱如十二支也子為黑豆菜蔬丑未寅為棉花芝麻為粟穀瓜果辰戌為蟲蝗巳為黍午為小豆為赤豆申為大麥酉為小麥亥為稻若辰戌丑未為類神之刑尅害墓者主其禾被蟲傷

除天時歲時而外皆人事也凡占人事俱以日干為主宰時干為端倪時干上遁格之吉凶為作事之中流日干上遁格之吉凶為作事之結果雖凡占各有體用而不離乎二者為樞機

占國朝

以歲干為君王以歲支為四海以月干為大臣以月支為分治以日干為郡縣以日支為守土以時干為民人以時支為民業觀其遁格辨其生尅則君臣官民可得而知也

卷之二終

御定奇門秘訣卷之三

占出征

歲干上看吉意月干上看部文日干上看將帥時干上看士卒以上盤為客下盤為主再詳領兵官及頭目本命之天干觀其遁格之吉凶兼之星門生尅則意旨之寬嚴部文之美惡將士之吉凶主客之勝負可以預知門以管領之本命天干推之則何人利于征伐何以利于埋伏何人利于中鋒何人利于接應何人利于固守預定其人而大小畫無無誤也又官軍看直符宮賊則兵看六庚宮法本黃帝不可不知

占起造

若坐相與宅主命有貴人祿馬到宮或所作之方合本局符使或生門三奇飛到坐向或天禽星鎮中宮得門生宮或太陽正照即本月月將無有不吉不但占得如此為最佳凡選日時者亦當預擇如此日時

占安葬

若符使合格奇儀得令并年月日時干支並奇儀合

禄馬貴人到山遁格不尅生命亡命為上吉再合太陽到山到向或分金尤吉不但占得如此為美選日時者亦當預擇其如此若生命亡命能選其飛到山向再合吉格更妙

占求名

若試官未臨本地以試官為客諸生為主若試官已至本地以試官為主諸生為客遁得主客相合求名易成若見刑尅當辨主客若諸生生官用人力而後成官生諸生順利無阻如官生諸生臨其本命行年再合吉格必首拔如諸生生官奇儀墓尅再合凶格文章失意人力皆虛即成亦遲若在衰墓之宮又逢其迫而則沖因名致敗禍不旋踵主客之義大矣哉

占陞黜

以本命所居之宮與太歲所居之宮為主以天驛二馬目禄皇恩為憑如太歲所居之宮生本命局宮再帶二馬皇恩必陞如太歲宮尅本命局宮兼之禄馬

落空必黜如本命宮生太歲宮天子喜本命宮尅太歲宮天子怒欲知食祿何地當以祿所臨之宮而看其分野

占求利

坐鋪求利者以地盤為我天盤為人出外求財者以天盤為我地盤為人凡求利求財者俱要人生我合吉格則得若我生人合凶格則不得若干星相尅支宮相冲因求財招非更遇凶格除不得財而反破財慎之慎之

占謁貴

貴人已至因其來而求謁以天盤為貴以地盤為我貴人在彼我欲往而求謁以天盤為我以地盤為貴凡占謁貴者要貴生我則有益更合吉格則獲我生貴則無益更合凶格則取辱若只比合而不生我不過式飲庶幾式食庶幾揔有資斧亦毫末耳倘遇星干相尅宮支相冲再合凶格不惟無益又恐觸貴怒

而取禍慎之

占家宅

此時遁得門生宮上干生下干三奇六儀臨旺祿而生宮主宅舍清寧人口平安如生門生宮主有田產布帛五穀之利開門生宮主有金玉寶珍之益若凶星並門尅宮地盤臨衰墓而被傷者當詳干支門外(八卦)(以)而斷其人之災危若年干被傷(則)而斷其祖年支被傷(則)而斷其(祖)妣月干被傷(則)而斷其父月支被傷(則)而斷其母

日干被傷(則)而斷其已身日支被傷(則)而斷(其)妻妾時干被傷(則)而斷其子(女)時(支)干被傷(則)而斷其兒婦乾為老翁坤為母坎為中男離為中女艮為少男兌為少女震為長男巽為長女逐類而推應驗如神

占婚姻

如男家占以地盤為男家女家占以地盤為女家若門生宮上干生下干或干支帶合再合吉格其婚必成若門尅宮上下干支相尅相沖再合凶格婚必不

成若門宮比和干支帶合言之即就九星六儀三奇八門逢旺氣主富貴之家衰墓逢生漸發之家旺而受尅漸退之家若論男女相貌以九星所屬推詳旺相清奇衰弱則否應期以合定之

占孕育

以宮為母以門為子俱要旺相雖受尅而無妨母尅子易產子尅母難生若子無氣而受尅則傷子母無氣而受尅則傷母子母比和易生產而且平安若門星奇儀干支有氣而臨祿旺之官更合吉格生子富貴而有壽反此則否若陽星合陰宮則生男陰星合陽宮則生女天地二盤俱陽而包人盤之陰則生女天地二盤俱陰而包人盤之陽則生男三盤俱陰為純陰反陽則生男三盤俱陽為純陽反陰則生女如干支宮門星神陽陰俱旺而且均且相生而不相尅必生雙胎要知產期即看相冲相生日時决之

占行人

此時伏吟行人未動反吟来而且速若上干尅下干或上干生下干或門生宮或門尅宮或庚加日干行人即来若下干生上干或下干尅上干或宮生門或宮尅門或日干加庚行人不来如上干生尅下干而在墓衰宮行人来遲在旺相宮行人来速若上干遇壬癸臨旺祿宮又逢日時相生合吉格主有酒席相留合凶格或無舟楫或為水虛驚如上干在死絶之宮或被尅制及日時相犯主永不歸切忌與行年干

支相為刑冲主死亡而或囚禁事之吉凶各以類推自知其詳歸期以上干與天盤定之如上干是歲干定在一歲之內上干是月干定在一月之中上干是交氣之干定在半月幸是日干定在十日內上干是時定在目下其餘皆看天盤加於何宮如看天盤而知其該来遁時直符是陽星從此干天盤加臨之宮于遁九宮順數數至此干所居之宮看是幾位則知幾日而来遁時直符是陰星從此干天盤加臨之宮

於邊九宮逆數數至此干所居之宮看是幾位則知幾日而來或於干合之日時定之又如天盤是乾定于戌亥月日天盤是坤定于未申月日亦是一法又思占行人之法當以天盤本命干為主符陽自天盤命干加臨之宮順數至地盤命干坐宮看邊九宮相隔幾位所過之宮有尅命干之干否如命干旺相一路無尅可保其必來如命干旺而尅命干者弱不過到此宮阻滯而已以九星八門之卦象推之可知

其為何人何事所阻如命干死絕所過之宮再有尅制定主客死他鄉符陰逆數做此歸期如前

占疾病

以病者真年命為主看此真年命上遁成何格天盤之干尅命干否九星八門尅命宮否遁甲既成有凶格否有庚與白虎加命干否時日歲月之干尅命干否命干所坐之宮非死絕衰墓否如皆不犯可保生全如有所尅以十二地支八門九宮辨其何者受傷

則何處為病以類推詳必無不中如命干適得奇儀旺祿生門加於其上兼之門來生宮上干生下干或時干日干遞生病者命干勿藥有喜如得天心星生命干及命宮更妙有生命干或尅命干尅命宮者其藥之湯丸亦可類推

占詞訟

天盤為原告地盤為被告天生地上生下被告勝地生天下生上原告勝天尅地上尅下被告受責地尅天下尅上原告受責上下兩相合則和息相比則兩平和之日於合日決之審結之日於冲日絕日決之

占遊獵

此時得驚死門合三奇吉格直符逢生旺必得獸逢衰墓必不得若門生宮或宮尅門干支帶合所獲必多如直符甲寅門上帶亥字以生合得野猪尅門上戌得豺狼尅門上未得獐子與門上卯比和得狐兔直符甲辰遇天盤甲午以生之得鹿獐遇門上亥為

遇良馬天芮龍門生宮得兕物或黑色物天蓬與休
門生宮得野猪或水中物天英與景門生宮得雉雀
天冲與傷門生宮得狐兔天輔與杜門生宮得雞雁
或喜鳴之禽蟲天任與生門生宮得虎得狐或黔喙
之禽或得狗天柱與驚門生宮得野羊如門尅宮上
干尅下干必生獸傷之慎之雖然將官與兵丁不可
不分已為將官則看直符已為兵丁則看時干未出
門而先占以地盤上直符時干為人天盤與門為物

財得野猪直符甲午遇天盤甲子防凡驚而有坑陷之憂遇天盤甲寅得虎豹狼遇門上卯以生之當得狐兔遇門上酉得野雞直符甲申天盤甲戌以生之得豺狼遇天盤甲寅防見虎豹而馬驚遇門上未以生之得獐子與鷹鷂直符甲戌得天盤甲午以生之得雀與鹿獐與門上卯合得狐兔赴門上亥得野猪直符甲子與天盤甲午相冲雖得鹿獐須防馬驚逢門上酉以生之得雉雞如天心開門生宮得天鵞或

巳出門而方占以天盤上直時干為人物盤與門為物物生人人尅物則有所得人生物則不得物尅人則帯傷相冲則馬驚相冲而人尅物則無妨相冲而物尅人恐傾跌而人帯傷若夫子與午寅與申辰與戌符冲丑與未卯與酉巳與亥支冲也甲與庚乙與辛丙與壬干冲也他如一九二八三七四六休景生死傷驚開杜皆宮門之對冲耶有所得馬驚不免若擇門㦙射惟驚死二門為宜門用詳之

占飲食

此時門生宮或天上奇儀生地下奇儀或比和而得旺氣主欲謁客則飲食衎衎反此雖見而不食宮生生門地生天氣旺而比和客去訪主則夏屋渠渠反此則至而檝饌若問何飲食以宮門支儀之卦類而推如乾為手餅饅頭合包丸魚馬肉猪肉多骨辛辣猪頭形圓之物坤為牛肉腹臟野味五穀土中之物震為蹄肉竹笋酸味之味巽為雞肉蔬菜酸味之物

坎為猪肉海味宿食醃藏味醎或帶核之物離為雉肉煎炒爐食餛飩中虛之物艮為薯芋笋芽諸雜粧點之物兌為饅頭包子糖餅饒餅羊肉宿食辛辣有口或澤中之物此八卦之所屬若夫子為湯酒丑為牛肉寅為木果而味酸卯為兎肉而其（至論）同寅辰爲有龍為（虎必）是味甘（形長物）之巳豈食蛇或有煎炒曲屈之味午非馬肉定是火腿燒臘或味苦之食未為（雁）羊而申豈食猴或為薑而為蒜或為葱而為韭酉必食雞外此同申戌非狗肉必是蒸飯亥是猪肉亦為酢醬醎魚細心推之猶如入廚而數

占賊来否

以六庚為賊以日干坐宮為定冬至後自坎至巽為内自離至乾為外夏至後自離至乾為内自坎至巽為外天盤庚加本日干主賊本日来陽符後干一位（如直符屬陽星日干居一宮庚加後一位九宮）陰符前干一位（如直符屬陰星日干居一宮庚加前一位二宮）主賊明日来陽符後干二位主賊第三日

来陽符若後干三位主賊在境外必不来侵若庚加在内主賊入内庚加在外賊只在外位次以遏九宮分内外以内八卦分此法乃予之所心會也與六壬遊都法同

占賊方位

視玄武所立之支為来方視其支加臨之宮為去方如玄武乘二馬（天馬驛馬也天馬正月在午順行六陽支驛馬申子辰在寅亥卯未在巳寅午戌在申巳酉丑在亥）其賊必從其方踰垣越屋而入若無二

馬必穿穴而入若玄武與長繩（正月在酉逆行四仲）懸索煞（正月在卯逆行四仲）併者主賊跳屋從天隠緣索而下玄武屬陽為男子屬陰為女人有氣為少無氣為老次看何類人為賊寅為吏卯為經紀辰戌為屠兒或軍卒巳為手藝人或店為爐冶人丑午為客旅申為犯過人未為酒戶或熟識人酉為消鎔金銀或賭錢不然是酒客亥子非水夫即漁翁舟人吉神併者豪家縱子凶神併者外姓惡兒法法須用穴六壬占之方得詳細

占捕捉

以六癸為逃人以加臨為去方如六癸加一二三四宮急赶必見如臨七八九宮逃則無追要知逃人何方從天上六癸加臨之方去追如臨一宮往正北去方衰墓受尅為一里衰墓為無尅為十里旺相為百里旺而又逢生其人已出百里之外追之何及如加二宮往西南去其方衰墓受尅為二里衰墓無尅為二十里旺相為二百里旺相而又逢生其人已出二百

旺相而又逢生其人已出二百里之外欲追末由餘倣此

占人在何方

先看本命為某甲所冒即於本節局中審某甲令坐某宮某星為直符乃於直符之下陽遁依次順查陰遁依次逆查看本命在地盤何宮再以奇門之法遁成格局即知其人今在某方局吉而與命相生其人在某方吉局凶而與命相尅其人在某方凶假令六

月初一日是壬寅日巳酉時占庚戌命人在何方吉凶此係小暑中局陰遁八局法當于八局地盤逆行庚戌命属甲辰所管令甲辰在四宮乙巳在三宮丙午在二宮丁未在一宮戊申在九宮己酉在八宮庚戌在七宮知其人在西方方方再適成格局以斷吉凶餘倣此

三合

亥卯未會木局　寅午戌會火局　巳酉丑會金局

申子辰會水局　假令天地二盤之中有亥卯未而無未應在未月日時有卯未而無亥應在亥月日時餘倣此例

六合

子與丑合　寅與亥合　卯與戌合　辰與酉合

巳與申合　午與未合　假令天地二盤有子而無丑應在丑月時有丑而無子應在子月日時餘倣此例

五合

甲與己合　乙與庚合　丙與辛合　丁與壬合　戊與癸合　假令天地二盤有戊而無癸應在癸月日時有癸而無戊應在戊月日時有乙而無庚應在庚月日時有庚而無乙應在乙月日時餘倣此例

三奇合

天上三奇甲戊庚　地下三奇乙丙丁　假令天地二盤有乙丙而無丁應在丁月日時有丙丁而無乙應在乙月日時餘倣此例

八卦十干納合

乾卦納甲　坤卦納乙　离卦納己　坎卦納戊

艮卦納丙　巽卦納辛　震卦納庚　兑卦納丁

假令為乾卦所生其美事應在甲月日時為乾卦所尅其惡事亦應在甲月日時餘倣此例

八卦十二支配位

戌亥配乾　子配坎　丑寅配艮　卯配震　辰巳配巽　午配離　未申配坤　酉配兑　假令為卦乾所尅其惡事多戌亥之月日時為乾卦所生其美事多應在戌亥之月日餘倣此例

天地德合

其法取天干與天干合地支與地支合為應期　假令中甲子取巳丑月日為應期盤中巳丑取申子月日為應期以甲與巳合子與丑合也餘倣此例

驛馬冲合　占行人用

申子辰馬在寅　亥卯未馬在巳　寅午戌馬在申巳酉丑馬在亥　子與午冲　丑與未冲　卯與酉冲　辰與戌冲　巳與亥冲　子與丑冲　寅與亥合　卯與戌合　辰與酉合　巳與申合　午與未合　如本命居驛馬之宮或與驛馬同宮皆主動身

假令子命坐八宮八宮属艮申子辰馬居寅寅為

空午未　甲午旬中空辰巳　甲辰旬中空寅卯

甲寅旬中空子丑

四大空亡

子午旬無水　寅申不見金

旬空者一旬十干十支末後二支有支而無干故曰空亡　四大空亡以甲子甲午旬中納音無水甲寅甲申旬中納音無金

卦中空亡

艮宮之所属是其命居驛馬宮也不然子命與寅馬同居一宮之中主主動身但其起身之期多應在冲到家之期多應在合又占成全事多應在合占解散事多應在冲細心推測無有不驗

凡有所占俱忌空亡如逢空亡則吉不成吉凶不成凶出門見驗者皆不驗

旬空

甲子旬中空戌亥　甲戌旬中空申酉　甲申旬中

立冬後到乾宮遇甲午甲申甲戌時不可用遇壬子壬寅壬辰時亦不可用以乾卦納甲申中原無甲午甲申甲戌與壬子壬寅壬辰也

冬至後到坎宮遇戊子時不可用以坎納戊子為坎之本位是重逢則為空亡也

立春後到艮宮遇丙寅時與丑時不可用以艮納丙丑寅為艮之本位重逢則為空亡也

春分後到震宮遇庚及卯時不可用以震納庚卯為

震之本位重逢則為空亡也

立夏後到巽宮遇辛巳及辰時不可用以巽納辛庚巳為巽之本位重逢則為空亡也

夏至後到離宮遇巳及午時不可用以離納巳午為離之本位重逢則為空亡也

立秋後到坤宮遇乙丑乙亥乙酉時不可用遇癸未癸巳癸卯時以不可用以坤卦納甲申中原無乙丑乙亥乙酉與癸未癸巳癸卯也

秋分後到兑宫遇丁酉時不可用以兑納丁酉為兑之本位重逢則為空亡也

鬼谷三元註解

陰陽順逆妙難窮一千八十是来踪

奇門之法黄帝命風后為之冬至至芒種順布六儀逆布三奇夏至至大雪逆布六儀順布三奇以一日十二時立成十二局每一季三個月共該一千八十時乃立一千八十局此其法忽順忽逆神秘難窮究其所以一千八十是其来踪也奇門一得謂其失来踪者豈知當時以一季一千八十時立成一千八十局哉

符使變化無窮極統領奇儀歷九宫

九星為直符八門為直使其變化無有窮極詳見下文直使常加時支布為八門歷九宫而不帶奇儀直符常加時干列成九星歷九宫而帶奇儀以行不但其帶奇儀也欲細推之将本人之年命及

九宮中所有之干支俱帶之而遍歷九宮也

地道安然奇儀定六十時終節局移

地地盤也地道常靜故五日一元之局共六十時皆於本局之宮起甲子以定六儀起戊字以定三奇五日一元之中自甲子至癸亥其局終而方換一元則節局於是乎移焉

天星運轉有順逆左右陰陽是主基

天天盤也天道常動其星之運轉於九宮也有逆

有順自坎至巽左半為陽其星其門皆屬陽而順行自離至乾右半為陰其星其門皆屬陰而逆行當日風后之制奇門也先以八卦論八節自冬至至芒種皆左半之陽卦用事故地盤皆順布自夏至至大雪皆右半之陰卦用事故地盤皆逆行其其用奇門也符使屬左半之卦者皆順行符使屬右半之卦者皆逆行是星之順逆不以冬至夏至為主基而以左右陰陽為主基也池本理不知此